Guardiãs
DE memórias
nunca ESQUECIDAS

© 2021 – Todos os direitos reservados
GRUPO ESTRELA
Presidente: Carlos Tilkian
Diretor de marketing: Aires Fernandes

EDITORA ESTRELA CULTURAL
Publisher: Beto Junqueyra
Editorial: Célia Hirsch
Coordenadora editorial: Ana Luíza Bassanetto
Projeto gráfico: ESTÚDIO VERSALETE
Christiane Mello e Karina Lopes
Revisão de texto: Luiz Gustavo Micheletti Bazana

Dados Internacionais de Catalogação na Publicação (CIP)
(Câmara Brasileira do Livro, SP, Brasil)

Otávio Júnior
  Guardiãs de memórias nunca esquecidas / Otávio Júnior ; ilustrações Roberta Nunes. – Itapira, SP : Estrela Cultural, 2021.

  ISBN 978-65-5958-013-2

  1. Literatura infantojuvenil I. Nunes, Roberta. II. Título.

21-84931   CDD-028.5

Índices para catálogo sistemático:
1. Literatura infantil 028.5
2. Literatura infantojuvenil 028.5
CIBELE MARIA DIAS – BIBLIOTECÁRIA – CRB–8/9427

Proibida a reprodução total ou parcial, de nenhuma forma, por nenhum meio, sem a autorização expressa da editora.

1ª edição – Três Pontas, MG – 2021 – IMPRESSO NO BRASIL
Todos os direitos de edição reservados à Editora Estrela Cultural Ltda.

Rua Municipal CTP 050
Km 01, Bloco F, Bairro Quatis
CEP 37190000 – Três Pontas/MG
CNPJ: 29.341.467/0002-68
estrelacultural.com.br
estrelacultural@estrela.com.br

Otávio Júnior

Guardiãs de memórias nunca esquecidas

ILUSTRAÇÕES
Roberta Nunes

"O Sol caminha devagar,
mas atravessa o mundo."
(Provérbio africano)

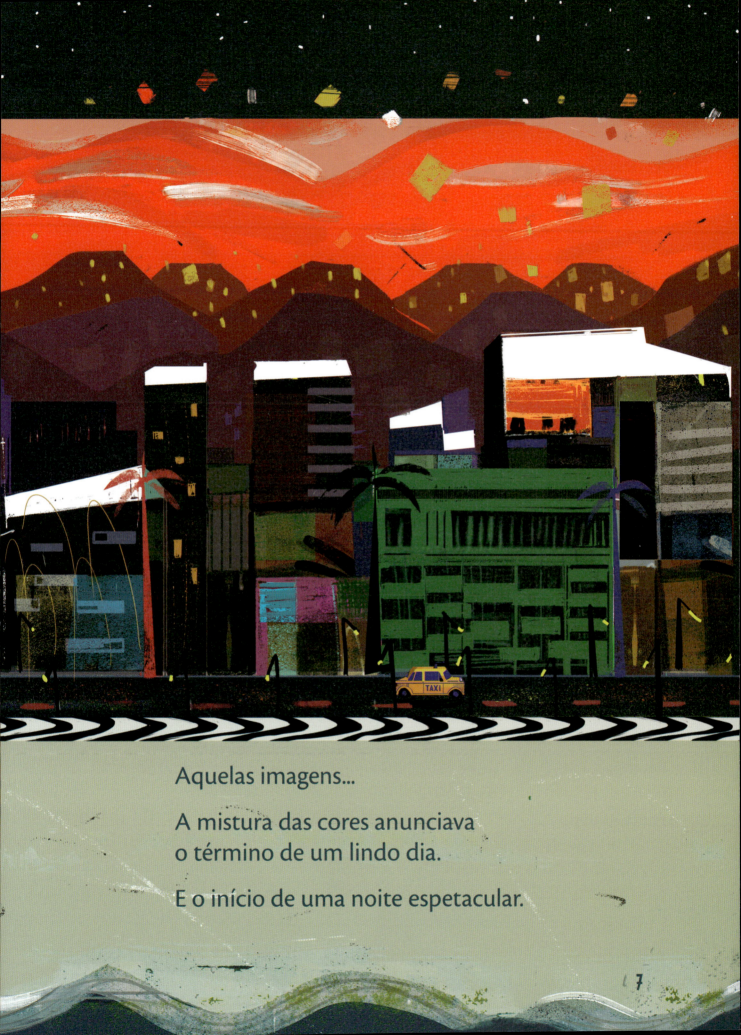

Aquelas imagens...

A mistura das cores anunciava
o término de um lindo dia.

E o início de uma noite espetacular.

Não sei o que era mais bonito:
contemplar os raios amarelados do Sol

e a negritude da noite
ou o luar que é testemunha
da chegada e da partida.

Minha imaginação me levou longe, muito longe.

Atravessei o grande oceano, e fui além do que minha imaginação pudesse permitir.

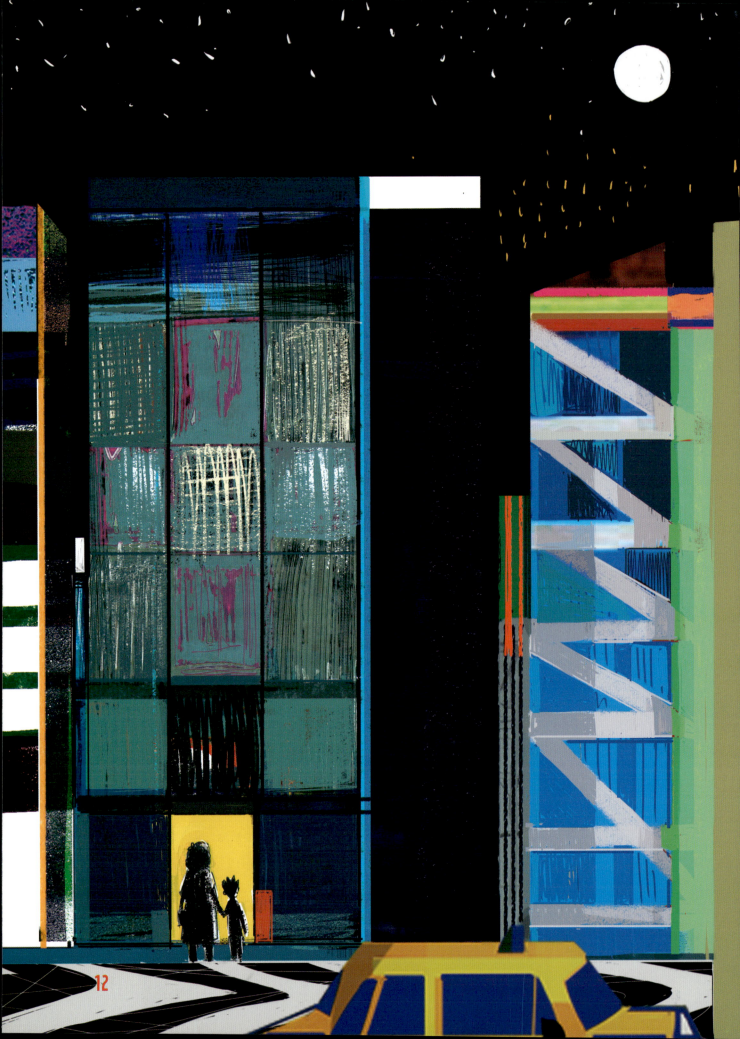

Aquela ilha cheia de mistérios...

A maior do continente.

Quantos mistérios o grande
continente tem?

Quantas pessoas não conseguiram chegar?

Fiquei em silêncio a me perguntar.

E aquela linda imagem,

qual era o nome dela?

Eram muitas:
enfileiradas lado a lado.

Guardiãs do sagrado.

Guardavam segredos e
histórias centenárias.

Histórias lendárias,
histórias de meus ancestrais.

Fui em buscas de suas origens,
de suas raízes.

De minhas origens,
de minhas raízes...

Aquela imagem

me fez crescer.

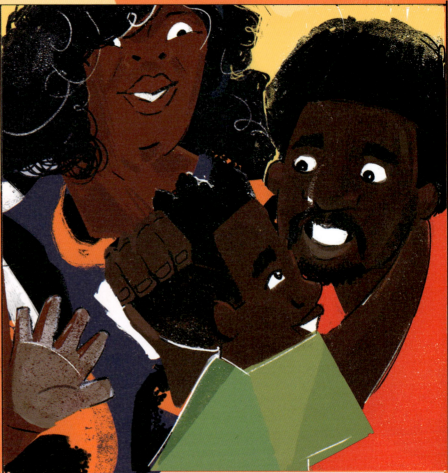

Assim como cresce seu tronco:

forte, firme e bonito.

Otávio Júnior

Carioca do subúrbio, Otávio Júnior foi o vencedor na categoria Livro Infantil do Prêmio Jabuti 2020. Iniciou oficialmente suas pesquisas relacionadas à promoção da leitura em 2007 e criou o projeto *Ler é 10: Leia Favela* para permitir que crianças de comunidades carentes tenham acesso ao livro e à leitura. Atualmente, estuda práticas educativas, aprendizagem criativa, narrativas audiovisuais e escreve contos, roteiros de HQ e poemas infantojuvenis. Pela Estrela Cultural, publicou o livro *Grande circo favela*, em parceria com a ilustradora Roberta Nunes.

Roberta Nunes

Carioca, *designer* gráfico e ilustradora especializada em literatura infantojuvenil pela Universidade Federal Fluminense (UFF). Gosta de dar forma às histórias, como em *Que cabelo é esse, Bela?*, de Simone Mota; e no quadrinho *Água do feijão*, que ganhou o concurso realizado pela Festa Literária das Periferias (Flup) em parceria com o consulado da França. Pela Estrela Cultural, publicou a obra *Olha aqui o Haiti!/Le voilà, Haïti ici!* e, em parceria com Otávio Júnior, *Grande circo favela*.